AF296513

Par Favier, d'après Barbier.

Yf 6698

LE POËTE

REFORMÉ,

OU

APOLOGIE

POUR LA

SEMIRAMIS

DE

M. DE V***

A AMSTERDAM.

M. DCC. XLVIII.

LE POÊTE
REFORMÉ
OU
APOLOGIE
POUR LA SEMIRAMIS
DE M. DE V***,

JE fuis rarement d'accord avec la fortune, plus rarement avec la multitude ; c'eft peut-être une maladie que les Mifantropes honorent du nom de vertu, que les Orgueilleux appellent envie ; les Sots, caprice ; les Ignorans, efprit de contradiction ; & que les perfonnes fenfées réduifent à une fingularité louable ou vicieufe, felon qu'elle s'approche ou s'écarte du vrai.

Quoiqu'il en foit, j'ai éprouvé récemment

cette difposition à l'égard de *Semiramis*. Annoncée par l'éxagération, fréquentée par la mode, prônée par la cabale & couronnée par le tumulte, fa profpérité ne m'a point ébloui. Alors, je l'avoue, j'étois difficile, pointilleux, injufte, fans doute, je cherchois de l'art dans le plan, de l'œconomie dans la conduite, de la bienféance dans les caractères, de l'intérêt dans les fituations; j'aurois defiré que la cataftrophe eût été néceffaire, imprévûe, vraifemblable : j'éxigeois mille conditions difficiles à réunir, & fans lefquelles je n'imaginois pas que M. de V*** eût le privilége exclufif de donner au public de bonnes Tragédies.

Mais depuis que les repréfentations de celle-ci » ont ceffé (difent les Critiques) » d'en offrir le deffein défectueux fous un » coloris féduifant ; que le cœur échappé au » pouvoir magique de la déclamation , & » l'efprit dégagé des voiles d'une illufion » brillante, ne font plus emportés dans le » torrent du préjugé, tout a changé de face ; Ces volages beautés, ces inconféquens petits Maîtres, ces légers connoiffeurs, Coriphées du *bon ton*, oracles ambulans *de la bonne compagnie* ; enfin, tous ces hommes du jour qui venoient d'applaudir Sémiramis à toute outrance, ont donné le fignal de la révolution : traits malins , allufions burlefques , parodies ſatyriques, tout a été lâché, tout a réuſſi; les plus jolis ſoupers, comme les plus ſombres Caffés de Paris, tout s'eſt égayé aux dépens de la Reine de Babylone. Sa réputation avoit ſoutenu juſqu'alors le poids de la critique; elle a ſuccombé ſous le ridicule.

Ce changement du goût public a bientôt influé ſur le mien; mais fidelle à mon caractere de *non-conformité*, j'ai adopté, ſelon ma coûtume, l'avis contraire. Ce que la cohûe admiroit, n'a pu ſurprendre mon eſtime. Ce qu'elle mépriſe aujourd'hui s'eſt acquis mon admiration : deſlors qu'au jugement de ce Sénat inique, une piéce *ne vaut plus rien*, je commence à y découvrir *les plus belles choſes du monde*. C'eſt ce ſentiment délicat, exquis, philoſophique, qui m'a dicté l'apologie de Sémiramis.

Avant d'analyſer l'ouvrage, qu'il me ſoit permis de riſquer ici quelques obſervations ſur l'Auteur, ſur les différentes époques de ſa vie, & ſur les diverſes faces ſous leſquelles il s'eſt montré au public. Ces réfléxions (ſi les Cenſeurs de M. de V*** veulent bien les faire avec moi) peuvent les placer dans le point de vûe d'où l'on doit enviſager ſa derniere production.

Je n'oſerois aſſurer que cet Auteur univerſel n'ait pas toujours penſé de la même maniere. Ce qui eſt certain, c'eſt qu'il n'a pas toujours écrit ſur des principes uniformes. Plus jeune, il ſe livroit aux fougues d'un génie indompté. Sa doctrine moins orthodoxe, ſa morale moins auſtere, ſa politique plus hardie, perçoient dans ce Poëme plus admiré que diſcuté, dont la France a tant d'intérêt à ſoutenir l'honneur. Ces Tragédies ſemées de traits brillans, mais haſardés, ces Diſcours, ces Epîtres envain déſavouées, que le public jaloux de ſa gloire reclamera toujours pour lui : tous ſes écrits portoient l'empreinte de cette liberté de penſer, ſi chere aux beaux eſprits modernes, & ſouvent ſi mal ſoutenuë.

Quelle fut donc la deſtinée de ces ouvrages faits pour *eclairer l'univers* ? Ils avoient bien plus attiré la cenſure que l'admiration publique ; plus ſcandaliſé les Dévots que ſatisfait les Philoſophes ; plus choqué les Tribunaux qu'enchanté les Académies. On vit les Loix s'armer contr'eux des rigueurs les plus ſolemnelles ; l'Auteur même proſcrit, exilé, le meilleur de tous les Citoyens réduit à chercher au-de-là des mers une autre patrie, & à lui prodiguer ces pompeux éloges, rétractés depuis, avec la même ſincérité. Malheurs, où le précipitoient les écarts lumineux d'une *Imagination* trop libre & trop féconde.

Que M. de V *** paya cher alors, ce talent si vanté ! Des rivaux le lui disputoient, des caustiques même le lui refusoient absolument ; des ennemis lui en faisoient un crime. Défabusé par l'expérience, il y a renoncé tout-à-fait : c'est par ce sacrifice qu'il a commencé le grand œuvre de sa *Réformation*. Fidelle à ses engagemens on n'a rien vû de lui depuis quelques années, qui ait pû le faire soupçonner de n'avoir pas entierement dépouillé *le vieil homme*. Rare persévérance, dont il a bientôt recueilli le fruit : Comblé d'honneurs, de titres & d'avantages de tout genre, sans négliger les plus solides, il jouit des plus éclatans. Si d'une main on lui présente les richesses du siécle, on lui montre de l'autre, les trésors de l'Eternité : il suffit à ces deux objets, & le chemin du Ciel si épineux pour le vulgaire, est semé pour lui des fleurs les plus *précieuses*.

Cette comparaison de notre Poëte avec lui-même, me paroît être le principe d'où il faut partir, pour juger équitablement du mérite de sa nouvelle Tragédie. Ne cherchons plus en lui l'Auteur de ces écrits aussi dangereux que célébres, dont nous avons parlé ; mais celui de la *Princesse de Navarre*, du *Temple de la Gloire*, & de tant d'autres ouvrages, qu'on n'accusera pas de pouvoir jamais gâter l'esprit de personne.

Mais ce n'eſt point aſſés pour M. de
V * * * que de ne pas *détruire*; il veut *édi-
fier*; & c'eſt dans ce deſſein qu'il a donné
Sémiramis. Qu'on faſſe contre cette Piéce
tant d'épigrammes, tant d'objections qu'on
voudra, ſi M. de V * * * a rempli ſon pro-
jet, s'il a *édifie*, il n'a plus rien à deſirer,
ni les critiques à répliquer. Qu'il ait atteint
ce but, c'eſt ce que je prouve.

Le crime puni, la vertu récompenſée, la ré-
ligion triomphante, voilà le ſujet. Ninus eſt
mort empoiſonné ; Aſſur, premier Miniſtre a commis ce forfait, la Reine y a conſenti.
L'horreur du crime y eſt inſpirée par-tout, les
remords, les terreurs de Sémiramis, l'endur-
ciſſement, l'impiété d'Aſſur, nous peignent
ici des plus noires couleurs, ſes ſuites fu-
neſtes; malgré ces diſpoſitions différentes,
la mort qu'ils ſubiſſent, égale entr'eux le
châtiment. Cela paroît dur, & pourroit
porter au déſeſpoir, puiſque la Reine repen-
tante n'eſt pas mieux traitée à la fin, que
ſon Miniſtre impénitent. Elle répond elle-
même à cette difficulté par ces deux vers :

Otane, nos liens étoient trop différens,
Plus les nœuds ſont ſacrés, plus les crimes ſont grands.

(Le dernier nous offre ſans doute quel-
que choſe de bien nouveau. Voilà ce qu'on
appelle une découverte dans la morale): &
par ceux-ci qui terminent ſon rôle,

Il eſt donc des Forfaits,
Que le courroux des Dieux ne pardonne jamais.

Telle eſt la deſtinée du crime dans ces deux coupables. Voyons le ſort de la vertu. Ce n'eſt point dans la perſonne d'Azema que l'Auteur en offre un éxemple. Cette Princeſſe n'a aucune occaſion de faire briller la ſienne dans le rôle hors-d'œuvre qu'il lui a donné. Aſſur lui offre une Couronne, mais il ne la tient pas, & d'ailleurs il faudroit la partager avec lui ; condition qui ne tente point un cœur rempli d'Arſace : pour tout dire, Azema refuſe ce qu'on ne peut pas lui donner & qu'elle ne peut accepter. Ce refus n'eſt pas méritoire. Mais je n'inſiſte point ſur ce perſonnage. C'eſt proprement *l'Infante du Cid*. On ſent que M. de V *** ne l'introduit ici, que pour ſatisfaire à une coutume trop invétérée, & par un reſte pardonnable de reſpect humain : s'il ne fait pas de bien, du moins eſt-il certain qu'il ne ſçauroit faire de mal. L'amour qui en eſt le fonds, loin de tyranniſer les cœurs par ces émotions impérieuſes, qui les ouvrent ſouvent aux atteintes du vice, les laiſſe dans un plein repos, dans une libre indifférence. Si l'uſage univerſel de cette paſſion ſur notre Théâtre étoit toujours auſſi pur, auſſi modéré, les Caſuiſtes les plus ſeveres ceſſeroient de le réprouver. Non ! le Dialogueur élégiaque de tant de Romans exemplaires, le Compilateur du Martyrologe des Amans vertueux, le Prédicateur ordinaire du Temple de Thalie, M. de la Ch *** enfin, n'a pas traité l'amour avec plus d'innocence de sa part, ni moins de danger pour les Spectateurs.

Revenons à Ninias, caché sous le faux nom d'Arsace : car c'est en lui qu'il faut chercher la vertu, & cette vertu, c'est la Dévotion, elle forme son caractére, elle y domine, elle y est unique. En effet, ce n'est point son courage qui brille dans l'action Théâtrale : à l'exception du défarmement d'Assur (pour lequel il n'en faut pas beaucoup) la valeur du Héros ne paroît que dans les récits & dans les éloges qu'il juge à propos de se donner à lui-même ; ils auroient peut-être été mieux placés dans la bouche d'un autre, si lui-même n'eût averti que

Trop souvent un Soldat dans les Camps honoré,
Rampe à la Cour des Rois & languit ignoré.

Il falloit donc se faire connoître à cette Cour ignorante & orgueilleuse. En ce cas, il n'y a point de mal à prendre le haut ton, & un peu de *rodomontade*, puisqu'on veut l'appeller ainsi, devient quelquefois nécessaire ; par malheur, elle exclut encore une vertu, dont on voudra bien dispenser le fils de Ninus, c'eſt la modeſtie : je demande pour lui la même indulgence à l'égard des autres. L'humanité même, l'amour naturel qu'il ſe ſent pour Sémiramis, quoiqu'annoncé avec emphaſe, cede, diſparoît à la voix du Grand Prêtre. Ce fils bien & dûement averti, qu'il doit tuer dans la journée ou ſa Mere ou ſon ennemi, ne ſemble héſiter un moment, que pour faire éclater davantage ſa religieuſe ſoumiſſion. Le Grand Prêtre ne lui a pas plutôt répondu ces vers,

> Ne vous regardez plus comme un homme ordinaire,
> Marqué du Sceau des Dieux, ſeparé des humains,
> Avancez dans la nuit qui couvre vos deſtins ;
> Mortel, foible inſtrument des Dieux de vos Ancétres,
> Vous n'avez paſ le droit d'interroger vos Maîtres
> A la mort échapé, malheureux Ninias
> Adorez, rendez grace & ne murmurez pas.

qu'il ſe réſigne ſaintement à tout ce qui en peut arriver. Cette alternative ſi délicate ne l'embarraſſe plus. Il écoute bien moins le cri de la nature, que les menaces du Pontife. Plus effrayé d'un anathême, qu'étonné d'un parricide, il court riſquer le *quiproquo*, c'eſt prendre bien légérement ſon parti : Mais on ſçait que dans tous les tems, une obéiſſance aveugle aux Miniſtres Sacrés, a été le caractére diſtinctif de la Dévotion, & c'eſt elle qui régne ici : en cela même, on n'a pas rendu aſſéz de juſtice à

la bonne intention de l'Auteur. Il vouloit
sans doute nous insinuer par-là que cette
vertu, ou dispense des autres, ou les suppo-
se toutes. Que de personnes intéressées à
cette commode maxime, lui en doivent
un remerciment!

Qu'on juge à présent du mérite de l'action, par la grandeur de la récompense :
Ninias est reconnu, remonte sur le Trône,
& il épouse sa Fiancée, (car le Poëte toujours régulier plutôt que de laisser sur cet
amour le moindre soupçon d'illégitimité,
a voulu qu'un Prince au berceau eût re-
çu la Foi d'une Princesse à la mammelle)
& tout cela sans aucun danger. On a eu
soin de l'en préserver. La protection des
Dieux, si hautement & si fréquemment dé-
clarée, ne permet pas de rien craindre pour
lui. Réellement, ni sa personne, ni son
amour ne courent aucun risque. L'entre-
prise d'Assur n'est pas plus dangereuse que
bien concertée. Ses prétentions sur Azema,
sont si mal accueillies, qu'Arsace même
les entend avec une sécurité digne de nos
gens à bonne fortune.

> Jugez si je vous crains, je vous laisse avec elle.

Le Spectateur joüit de la même tranquil-
lité, & je ne vois pas moi, que l'on ait
sujet de s'en plaindre ; au contraire, cela
épargne mille inquiétudes, mille tracasse-

ries, dont tant d'Auteurs Tragiques nous fatiguent l'efprit. Dans *Rodogune* par éxemple, dans *Heraclius* : on eft à la gêne. On prend intérêt à des perfonnages, on s'y attache, on tremble, on efpere, on fe réjoüit, on s'afflige pour eux, & l'on ne fçait jamais ce qu'ils vont devenir. Rien, felon moi, n'eft plus défagréable. Ici nous fommes du fecret. Nous fçavons que le Prince eft en fûreté, qu'Affur manquera fon coup, & qu'il finira mal. (Ce Tyran fubalterne a beau faire le Philofophe & le grand Politique, fes projets font trop vagues, & fes mefures trop mal prifes ; on devine d'abord qu'il eft fait pour fervir d'exemple.) L'Oracle, le Grand Prêtre nous font entendre à demi mot, que Sémiramis doit être tuée par fon propre fils ; que ce fils eft Arface. Tout cela eft dans l'ordre, puifque les Dieux le veulent. On s'arrange là-deffus, & chacun doit être content.

Mais furquoi la critique ne trouve-t'elle pas à mordre ? Ce calme fi profond déplaît aux efprits turbulens de nos Zoïles modernes ; ils viennent nous citer des regles..... des Grecs.... des Pédans.... Ils prétendent que le Héros foit baloté fans ceffe entre le triomphe & les fers, la vie & la mort, le trône & l'échafaut. Sans beaucoup citer, je vais leur répondre. Je dis, fans citer, car à quoi fervent les éxemples & les autorités ?

une piéce eſt bonne ou mauvaiſe, indépen-
damment de tout ce qu'on a dit ou écrit il
y a deux mille ans ; une regle plus ſûre doit
décider de ſon prix ; c'en eſt une d'arithmé-
tique. M. de V *** a ſecoüé le joug des
autres, & s'en eſt bien trouvé. Il n'en ſuit
point, c'eſt lui qui les fait au beſoin, & ſes
fautes même ont force de loi.

Revenons cependant à ces regles qu'on
nous oppoſe, & prouvons, s'il le faut, que
le pieux Ninias n'a pas dû y être aſſujetti.
Cela ſeroit bon pour un Héros ordinaire, un
Mondain, un Machiavéliſte qui voudroit
regler ſa conduite ſur le cours incertain des
évenemens naturels, & ſur les maximes trom-
peuſes de la prudence humaine. Il n'en eſt
pas de même d'un Héros religieux ; humble
inſtrument des volontés du Ciel, inſtruit de ſa
miſſion par l'organe infaillible d'un Directeur
inſpiré : tel eſt Ninias, tel il doit être. Tel-
les ſont les prérogatives attachées à ſon
emploi : & pour l'honneur des Dieux &
pour le bon exemple, il n'a pas dû être trou-
blé dans l'exercice de ſes fonctions : en un
mot, c'eſt la récompenſe de la vertu ; & du
contraſte qu'elle forme avec la punition du
crime, naît le triomphe de la religion.

Expliquons ce mot, de peur d'équivo-
que; mal interprêté, il ſeroit ici hors de place:
dans le ſens ordinaire, c'eſt le point fixe de
la croyance des peuples, la ſource de l'or-

dre, & le fondement des Etats. Il ne s'agit point ici de cela ; on peut dire même que dans notre langue, c'est un nom détourné de sa véritable signification. Chez les Romains ce mot *Religio* n'en avoit pas une aussi étendue. Dans Tite-Live, par exemple, ce n'est que la terreur causée par la foi des prodiges, & l'empressement de les expier par des sacrifices extraordinaires, ou des cérémonies bisarres. C'est dans ce sens que je l'applique ici : le sujet m'y renferme. En effet, le plan de Sémiramis n'est qu'un tissu d'oracles, d'apparitions, & de prodiges de toute espece ; la catastrophe, un sacrifice plus singulier que tous ceux de l'antiquité. Voici encore, si l'on en croit les envieux de M. de V *** un vaste champ pour la critique. Selon eux » ce vain attirail de la » superstition payenne n'est plus de saison. » Si l'on souffre encore le merveilleux sur » la Scène Lyrique, c'est en faveur du grand » spectacle qui en résulte ; spectacle nécessaire, pour remplir le vuide du genre. La » Tragédie n'en admet point du tout. C'est » une action grande, mais vraisemblable, » qui, par des moyens surprenans, quoi-» qu'humains, conduit à une fin imprévûe, » possible cependant, & dans l'ordre de la » nature. Tout l'art, tout l'honneur du » Poëte consiste à tirer de ce fonds dequoi » exciter, soutenir, augmenter jusqu'au

» bout, l'attention publique. S'il se jette
» dans le merveilleux, s'il veut éblouir où il
» faut toucher, fasciner les yeux par des
» prestiges, où il faut subjuguer le cœur par
» la force du sentiment. C'est se réduire à
» l'impossible, avouer sa stérilité, substituer
» au défaut du beau naturel l'artifice grossier,
» l'ombre au corps, le néant à l'être. «

   » Enfin, ces spectres, ajoutent-ils, ces cris
» lugubres sortis d'un tombeau, qui font
» frissonner le Héros, & que personne n'en-
» tend, ces coups de tonnerre réïterés à
» point nommé, & dont la répétition est si
» puérile, auroient pû à peine entrer pour
» l'ornement dans le récit d'un songe; mais
» tout cela mis en action, ou plutôt devenu
» l'action même, n'est plus qu'un vain épou-
» ventail, une monstrueuse machine, dont
» la structure aussi fragile que confuse, tom-
» be au premier coup d'œil de la raison. «

   Voilà des objections & peut-être con-
sidérables, si l'on n'écrivoit que pour ces
Messieurs les esprits forts; ils trouvent ridicule tout ce qui n'est pas croyable, &
rien n'est croyable pour eux, s'il n'est dé-
montré géométriquement. Si le pathétique
a glissé sur ces cœurs endurcis, comment
persuader leur raison, par des conséquences
dont ils niéroient hardiment les principes?
Eh ! que puis-je faire pour les convertir, que
de leur montrer le destin d'Assur, & les

exhorter

exhorter charitablement à bien considérer ce tragique tableau de l'incrédulité. Sans doute, leur dirai-je, ce n'est pas sans dessein que notre Auteur a bien voulu l'exposer tel qu'il est, à vos regards critiques; s'il n'avoit prétendu que le mettre en opposition avec la conscience timorée de Sémiramis, & former ainsi un contraste brillant, il n'eût tenu qu'à ce grand Peintre, de nous tracer ce caractere, & d'un pinceau plus ferme; & d'une main plus sûre, de nous repréfenter un scélérat illustre, adroit courtifan, dangereux ennemi; secret dans le dessein, prompt dans l'exécution; aussi difficile à tromper, que consommé dans l'art de feindre : des vûes plus profondes ont engagé notre Poëte à le former de traits moins grands & plus communs; ce n'est qu'un fourbe mal-habile, qui donne étourdiment dans le paneau le plus grossier; un fou qui menace toujours, & ne frappe jamais; un grand difcoureur, qui n'ouvre la bouche que pour se voir aussi-tôt confondu; un orgueilleux qui ne s'exalte que pour être humilié par les affronts les plus fanglans; un ambitieux qui ne confpire que pour être puni; un fanfaron qui ne tire l'épée que pour la rendre; un impie enfin, qui n'a de courage que contre les Dieux; au reste, le joüet & l'opprobre des hommes. Portrait hideux, mais reffemblant, où l'humanité dégradée, avilie, ne vous a tous rendus que plus reconnoiſſables aux yeux du public, & aux vôtres même.

Mais non : la ſynderéſe éteinte dans vos cœurs n'y fait plus entendre ſa voix ; celle de l'envie a bien plus de charmes pour vous. Eh ! quelle forme ne prend pas cette paſſion odieuſe ſous le maſque de la raiſon ? elle vient ſouffler à ſes ſpectateurs de nouvelles chicannes : » La raiſon ! dites-vous, la rai-
» ſon eſt par-tout choquée dans Sémiramis ?
» Qu'eſt-ce que ce Pontife ?

> . . . . Obſcur & ſolitaire,
> » Occupé des devoirs de ſon ſaint Miniſtère,
> » Que l'on trouve en ſon Temple & jamais à la Cour.

» Cet homme qui ne veut ſe mêler de rien, &
» qui pourtant fait tout, conduit tout, ordon-
» ne tout ; qui ſçait ce qu'il y a dans un coffre
» ſans l'avoir ouvert, & dans une lettre ſans
» l'avoir lûe ; qui ſéduit un fils, le pouſſe,
» l'encourage, l'arme lui-même pour aſſaſ-
» ſiner ſa mere, & lui dit après, qu'il en eſt
» quitte pour ſe *laver les mains ?* Qu'eſt-ce
» qu'une Reine qui entre ſeule dans ce tom-
» beau ſi terrible pour elle, habité par l'om-
» bre irritée d'un Epoux ; occupé par un
» ennemi conjuré contr'elle & contre ſon
» fils ; le tout pour ſauver ce fils, qui n'y eſt
» pas encore, & qu'elle auroit dû plutôt at-
» tendre dehors, pour l'empêcher d'y en-
» trer ? Qu'eſt-ce qu'un conſpirateur qui s'y

» eſt caché pour le tuer , & qui ne l'y atta-
» que point ? Qu'eſt-ce qu'un Roi , qui ſça-
» chant l'embuſcade dreſſée contre lui dans
» ce même tombeau , au lieu d'y faire en-
» trer ſes gardes, s'y jette tout ſeul , comme
» Dom-Quichote dans la caverne de Mon-
» tezinos ? qui , dans ce lieu rempli d'aſſaſ-
» ſins armés contre ſes jours, ne trouve pour-
» tant que ſa mere , qu'il *entend* , qu'il
» *voit* , qu'il *traîne long-tems ſur la pouſ-*
» *ſiere*, & qu'il tuë à bon compte , la prenant
» toujours pour ſon ennemi ? tout cela eſt
» également contre la bienſéance , la vrai-
» ſemblance, le ſens commun. De-là, con-
» cluez – vous , il s'enſuit que Sémiramis
» ne mérite pas même le nom de Tragédie;
» que c'eſt à proprement parler, un *amphi-*
» *gouri ſérieux en dialogue , où les Acteurs*
» *ne s'entendent jamais , que le Spectateur*
» *n'entend gueres mieux , & qui finit par un*
» *mal entendu.* «

Sans répondre en détail à tant de queſ-
tions fatiguantes, ni réfuter envain une dé-
finition burleſque , je ſoutiens, Meſſieurs les
Satyriques Mécréans, que vous cenſurez ici
autant de coups de Maître qu'il vous a plû
d'y trouver d'incongruités; car enfin , en
quoi conſiſte l'art , quelle eſt ſa perfection,
ſi ce n'eſt de tendre toujours à ſon but , &
d'y arriver par le plus court chemin. Or
M. de V.... qui n'écrit plus pour vous , je

le répété, mais pour des Spectateurs dociles & bien difposés, fe propofoit pour fujet principal, le triomphe de la Religion ; donc, il a pû, il a dû même la faire triompher de tout, des vertus, des paffions, des notions humaines les plus évidentes. Tout cela, je l'a-vouë, ne pouvoit arriver naturellement, & l'Auteur ne l'a pas prétendu : il falloit donc l'exécuter par des moyens furnaturels, in-compréhenfibles, abfurdes peut-être, au ju-gement de la raifon, cette Divinité profane, idole de votre amour propre. Eh bien ! rai-fonnez tant qu'il vous plaira : loin d'envier cet avantage fi trivial, fi médiocre, M. de V…. afpire aujourd'hui à un emploi plus diftingué. Remplir les cœurs coupables d'un falutaire effroi, les innocens d'une jufte confiance, intéreffer le Ciel au fupplice des uns, & au bonheur des autres ; faire parler les Dieux, les Prêtres, les Morts même ; foumettre à la voix de l'infpiration, les Mo-narques tremblans, les peuples profternés ; ce font les objets dignes du zèle qui l'a-nime. En un mot, ce *divin* Poëte, confacré déformais *à l'édification publique*, nous a donné Sémiramis comme fon chef-d'œuvre en ce genre. J'ai prouvé qu'il y a réuffi, j'en fuis content, & j'ai enfin le plaifir de l'être tout feul.

FIN.

9 782019 981259